Bw-a-bog
yn y Parc

Cardiff Libraries
www.cardiff.gov.uk/libraries

Llyfrgelloedd Caerdydd
www.caerdydd.gov.uk/llyfrgelloedd

I Ysbyty Plant Cymru Arch Noa
a chyda chariad i Gabriel

Cyhoeddwyd gyntaf yn 2016 gan Wasg Gomer,
Llandysul, Ceredigion SA44 4JL fel addasiad o *Boo-a-bog in the Park*
er budd Apêl Arch Noa.

Noah's Ark
Children's Hospital Charity
Elusen Ysbyty Plant

ISBN 978 1 78562 203 8

Cyhoeddwyd gyda chefnogaeth ariannol Cyngor Llyfrau Cymru.

Argraffwyd a rhwymwyd yng Nghymru gan
Wasg Gomer, Llandysul, Ceredigion.

Bw-a-bog yn y Parc

Lucy Owen
a Rhodri Owen

Lluniau gan
Andy Catling

Gomer

Pan fo'r plant yn y parc
yn cael hwyl a sbri,
mae Twm eisiau gwybod . . .

pob un yn rhy brysur
i weld Twm ar ei ben ei hun.

Yna . . .

Sŵn yn y llwyni!

Ysgwyd yn y coed!

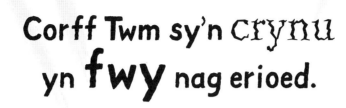

Corff Twm sy'n crynu
yn **fwy** nag erioed.

Cyrn a charnau sgleiniog,
a cheg fel ogof fawr;

bol **anferth**, crwn a blewog ...

'Gwell dechrau rhedeg **nawr!**'

O'r llwyni, daw dwy grafanc,

'Does neb yn gweld, ond fi . . .

anghenfil sydd yn syllu . . . ac mae'n

g wenu

arna i!'

Gwên lydan, fawr o glust i glust
a llygaid disglair, twt,
dan gap o fwsogl trwchus, gwyrdd,
mae'n syllu . . . dros drwyn bach, smwt.

A sylla Twm ar Bw-a-bog a'i galon yn cyflymu.

'Mae Bw-a-bog wrth f'ymyl
ac mae yn ffrind, di-ffael.
Nawr gallaf wneud fel y mynnaf –
gwneud unrhyw beth dan haul!'

Maen nhw'n chwarae
gêmau gwallgo' –

Chwarae cwato, pi-po,
creu den . . .

dau ffrind yn byw eu breuddwydion
yn dyheu na ddaw'r dydd byth i ben!

'Mae Bw-a-bog wrth f'ymyl
ac mae yn ffrind di-ffael,
Nawr gallaf wneud fel y mynnaf –
gwneud unrhyw beth dan haul!'

Mae Sam yn clywed y chwerthin
ac am fod yn ffrind â Twm yn awr —
Cyn hir, mae'r ddau'n neidio
a chwerthin,
yn rhedeg
a rowlio ar lawr.

Dyw gwneud ffrindiau ddim yn anodd:
Mae'r plant eraill yn ymuno i gyd.
Bw-a-bog sydd ar ben ei ddigon
wrth weld Twm mor
hapus ei fyd.

Heb siw na miw, troi am adref
wna Bw-a-bog tua'r coed,
ei waith wedi'i wneud am heddiw
a'i wên y fwyaf erioed.

'Da bo, o Bw-a-bog annwyl,
gwnest arwr o un bach fel fi.'

'O na,' meddai'r ffrind mawr, direidus,
'Nid fi wnaeth hynny . . .
ond ti.'

Pwff

Cyflwynwyr teledu yw **Rhodri** a **Lucy Owen**. Mae Lucy'n newyddiadurwraig hefyd a'i syniad hi oedd stori Bw-a-bog yn wreiddiol. Fel llysgennad i gronfa Apêl Arch Noa, roedd hi'n awyddus iawn i godi arian i'r elusen a Rhodri, ei gŵr, yn frwd iawn i helpu drwy addasu'r stori i'r Gymraeg. Bydd cyfran y ddau o elw'r llyfr yn mynd i goffrau'r elusen. Mae Rhodri a Lucy'n byw ym Mro Morgannwg gyda'u mab, Gabriel.

Sgriblwr proffesiynol a sbloetiwr lluniau yw **Andy Catling** sy'n dylunio llyfrau i gyhoeddwyr ar hyd a lled y byd. Mae'n defnyddio arddull draddodiadol a thriciau digidol i greu gwaith celf drwy hwrli-bwrli o broses. Y cam cyntaf yw tynnu llun. Wedyn mae'n ei rwbio allan ac yn dechrau eto. Mae'n lliwio gyda phaent dyfrlliw, pensilion ac inc, yn arogli'r cyfan, yn ei wasgu'n belen ac yn dechrau eto. Yr un yw'r broses ddigidol, ond heb yr arogli. (Mae pob gwaith celf digidol yn arogli o ddiheintydd.) Mae Andy'n byw ym Mhrydain ac yn credu ei fod yn fôr-leidr.

Sbort a sbri gyda
Bw-a-bog

1. Sawl plentyn sydd yn y parc gyda Twm ar dudalen gyntaf y stori?

2. Ble mae **Bw-a-bog** yn cuddio?

3. Pa liw yw trwyn **Bw-a-bog**?

4. Beth wnaeth Twm wrth weld **Bw-a-bog** am y tro cyntaf?

5. Beth yw'r gêm gyntaf mae Twm a **Bw-a-bog** yn chwarae gyda'i gilydd?

6. Beth yw enw ffrind newydd Twm?

7. Tria feddwl am 3 gair sy'n disgrifio Twm a 3 gair sy'n disgrifio **Bw-a-bog.**

8. Beth am dynnu llun dy ffrind bwystfilaidd dy hun?

Beth yw enw'r bwystfil?

Beth mae'n hoffi ei wneud?